CATALOGUE D'ESTAMPES

principalement de

l'École Française du XVIIIe Siècle

PIÈCES EN NOIR & EN COULEURS

CARICATURES et ESTAMPES relatives

à la Révolution

et au 1er Empire

DESSINS ANCIENS & MODERNES

Dont la vente aux enchères publiques aura lieu

Hotel des Commissaires-Priseurs, Rue Drouot, nº 9.

SALLE Nº 8

LE SAMEDI 20 MAI 1899

à 2 heures précises

PAR LE MINISTÈRE DE :

Me Maurice DELESTRE, Commissaire-Priseur

5, Rue St-Georges.

Assisté de M. Loys DELTEIL, artiste graveur, expert

19, Rue St-Augustin.

PARIS 1899

CATALOGUE
D'ESTAMPES

principalement de

l'École Française du XVIIIe Siècle

PIÈCES EN NOIR & EN COULEURS

CARICATURES et ESTAMPES relatives

à la Révolution

et au 1er Empire

DESSINS ANCIENS & MODERNES

Dont la vente aux enchères publiques aura lieu

Hotel des Commissaires-Priseurs, Rue Drouot, n° 9.

SALLE N° 8

LE SAMEDI 20 MAI 1899

à 2 heures précises

Par le ministère de :

Me Maurice DELESTRE. Commissaire-Priseur

5, Rue St-Georges.

Assisté de M. Loys DELTEIL, artiste graveur, expert

19, Rue St-Augustin.

PARIS 1899

CONDITIONS DE LA VENTE

Elle sera faite au comptant.

Les acquéreurs paieront *cinq pour cent* en sus des adjudications.

M. Loys Delteil, chargé de la vente, remplira les commissions que voudront bien lui confier les personnes ne pouvant y assister.

MM. les amateurs pourront visiter la collection, 19, rue Saint-Augustin, du lundi 15 mai au vendredi 19 inclus, de 10 heures à 2 heures.

Les attributions de l'amateur ont été conservées pour les dessins.

DÉSIGNATION

ESTAMPES.

Adresses.

1 — Adresse d'un fabricant de soie, jolie pièce in-4° par Bernard Picart, 1717. Très belle épreuve. Rare.

2 — *Inwendiger Prospect von breunigker hoff in Leipzig, Logirt* PETRUS SCHENK..... Curieuse adresse in-4°, du graveur-éditeur Pierre Schenk. Très belle épreuve. Rare.

3 — MACRET, *Graveur et Md d'Estampes.. tient les Tableaux et donne des leçons de dessin.* Jolie pièce in-8°. Très belle épreuve.

4 — *A la Sphère Royale,* N. DE FER, *Géographe de sa Majesté....* 1705. — *Au Roy de France rüe Montorgueil....* 1719 (avec le portrait de Louis XV). — *A la Teste noire,* LARCHER... 1756. — Cartes de visite de l'époque du 1er Empire. Sept pièces. Très belles épreuves.

5 — BRENET, Graveur, Place Dauphine. — *Au petit Moulin,* BLANCHARD, Traiteur. — *A la teste noire,* LARCHER. — *Au Marc d'or,* MARC, Papetier. — *Au Papillon,* PAPILLON, graveur en Bois. — REGNAULT, Jardinier Fleuriste du Roi. Six pièces in-8°. Belles épreuves.

6 — *M. et M. ont l'honneur de vous faire* part du Mariage de M... Jolie pièce gravée par Croisey vers 1780. Très belle épreuve, marge.

Alix (P.-M.)

7 — Joseph Barra, d'après Garnerey. In-4°. Superbe épreuve impr. en couleurs, à toutes marges.

8 — Joseph-Agricol Viala, d'après J.-F, Sablet. — In-4°. Superbe épreuve, impr. en couleurs, à grandes marges.

9 — Michu, du Théâtre de l'Opéra-Comique. In-fol. Magnifique épreuve, impr. en couleurs, à toutes marges. Sous le portrait, deux petites scènes de *Blaise et Babet* et de *Paul et Virginie.*

Amérique (Estampes sur l')

10 — Bataille de Bunker-Hill, par C. Nordheim, d'après J. Trumbull. — In-fol. Très belle épreuve avec la lettre grise.

Barthélemy (A Madrid chez Diégo)

11 — Arrivée du Roi d'Espagne Ferdinand VI à l'Escurial, 1750. Très grand in-fol. Belle épreuve. Très rare.

Bartolozzi (F.)

12 — Portrait de l'artiste, par J. Bouillard, 1797. In-fol. Très belle épreuve, à toutes marges.

13 — Le Lieutenant-Colonel Cox, d'après G. Hounsom. — In-fol., 1799. Très belle épreuve avec marges.

14 — Psammeticus amoureux de Rhodope, d'après Angelica Kauffmann. In-fol., 1783. Superbe épreuve impr. en couleurs, marges.

15 — Sacrifice d'Iphigénie, d'après Angelica Kauffmann? — La Mère des Gracques, d'après B. West. — Deux pièces ovales. Belles épreuves avant la lettre, la 1ère impr. en couleurs (doublée).

16 — Clytie, d'après Ann. Carrache. — *For the benefit of Mr. Giardini*, jolie carte-invitation. Deux pièces. Belles épreuves, la 1e à l'eau-forte pure, la 2e avant la légende. Rares

17 — *For the benefit of Mr Giardini.* — *For the benefit of Mad. Banti.....* — Trois jolies cartes-invitation, d'après Cipriani et Burney. Belles épreuves, deux impr. en bistre. Rares.

Baudouin (d'après P.-A.)

18 — L'Epouse indiscrète, par N. de Launay, 1771 (E. B. 21). Très belle épreuve avec marges (Tachée).

19 — Le Lever, par Massard, 1771. (29) Très belle épreuve avec la 1re adresse, celle de Mme Baudouin, à grandes marges.

Bigg (d'après W.-R.)

20 — *Birth day Present to old Nurse*, par P. Gaugain, 1795. In-fol. Belle épreuve, encadrée.

Boilly (d'après L.)

21 — *Ah! comme il y viendra!* par A.-F. Clavareau. In-fol. Très belle épreuve avec la première adresse, marges.

22 — L'Evanouissement, par S. Tresca. In-fol. Belle épreuve, marges.

23 — La leçon d'union Conjugale. — Tu Saurais ma Pensée. Deux pièces in-fol., par Petit, se faisant pendants. Belles épreuves, marges.

24 — Poussez Ferme. — Ah! ah! qu'il est Sot. — Deux pièces in-fol., par Petit, se faisant pendants. — Belles épreuves.

25 — Trait Héroïque, par Petit. — In-fol. Très belle épreuve, marges.

Bonnet (L.-M.)

26 — Buste de jeune Femme en imitation de pastel. In-4°. Belle épreuve.

27 — Jeune Femme en buste, tenant une grappe de raisin, d'après J.-B. Huet. — Tête de jeune Femme, d'après Lagrenée. Deux pièces. Très belles épreuves, impr. en deux tons.

28 — — Vénus enflammée par l'Amour. Très belle épreuve impr. en couleurs, marges.

29 — Les Grâces enchaînées par l'Amour, d'après J.-B. Huet. Ovale in-4°. Très belle épreuve impr. en couleurs, marges.

30 — La Brodeuse au Tambour. — La Racommodeuse de Dentelle. Deux pièces se faisant pendants, d'après J.-B. Huet. Très belles épreuves, impr. en couleurs.

31 — La Chèvre Bien Aimée. — Les Petits Gourmands, deux pièces in-8°, d'après Huet, se faisant pendants. Très belles épreuves, impr. en couleurs, marges.

32 — Charité Romaine. In-fol. de forme ovale. — Très belle épreuve impr. en couleurs, marges.

33 — Etude de dessin. — Etude de la Musique. Deux pièces ovales, d'après Le Clerc, se faisant pendants. — Belles épreuves impr. en sanguine, marges.

34 — Jeune fille en buste, d'après Le Clerc. — La Marchande de lait, d'après Clermont, — Didon, d'après Natoire. Trois pièces par Bonnet et Demarteau. Belles épreuves impr. en sanguine.

35 — Joueuse de Mandoline. — L'espoir d'un heureux jour. — Baigneuses. — Pastorales. Cinq pièces, par Bonnet, Demarteau, Jubier et Léveillé, d'après Boucher, Huet et Le Prince. Belles épreuves impr. en couleurs.

Buffa (J.)

36 — Vues de Rouen. Suite de quatre grandes pièces in-fol., d'après Bonnington et Lutringshausen. — Très belles épreuves à toutes marges, coloriées.

Buhot (Félix)

37 — Le Fiacre aux Amours. — La Vieille et l'Ane. — Crépuscule. — Matinée d'Automne. — Femme assise au bord de la mer. — Village de Normandie. — Paysages. — Huit pièces. Très belles épreuves à toutes marges. Rares.

Cathelin (L.-J.) et Lignon (F.)

38 — Jean Paris de Monmartel, en pied, assis, d'après La Tour et Cochin fils. — Le Prince d'Orange, en pied, d'après Odevaere. Deux pièces. Très belles épreuves, une à toutes marges.

Chapuy (J.-B.)

39 — *Vue perspective du Champ de Mars, jour du Serment Civique..... 14 Juillet 1790*, d'après P. Le Roi. In-fol. Très belle épreuve, impr. en couleurs, petites marges.

Chrétien et Quenedey

40 — Bacot de R..... — Boulet. — Dalayrac. — Gluck. — Boieldieu. — Shérubini. — Cacchini. Neuf pièces. Belles épreuves, une rare, imprimée en couleurs.

Cochin fils (C.-N.)

41 — Décoration de la salle de spectacle et décoration du Bal paré donné à l'occasion du Mariage de Louis, Dauphin de France, avec Marie-Thérèse, Infante. Deux pièces gr. in-fol. Belles épreuves à toutes marges.

42 — Frontispice avec le buste de Mariette, par P.-P. Choffard, 1775. Très belle épreuve avant la lettre, marge.

Coqueret (P.-C.)

43 — Le Pont-Neuf et la Cité. — Le Panthéon. — Deux pièces in-fol., d'après Garbizza. — Très belles épreuves, en couleurs.

Costumes.

44 — Officiers et Soldats de l'Armée Russe. — Deux pièces publ., par Martinet. — Très belles épreuves coloriées, à toutes marges.

45 — Officiers de l'Armée Autrichienne. — Troupes Autrichiennes. — Deux pièces publ. par Martinet. Très belles épreuves coloriées, à toutes marges.

46 — Incroyable : *Chevelure à la François I*er..... — Merveilleuses : *Chapeau de Paille, en Corbeille..... — Pelisse doublée d'hermine.....* — Trois pièces in-4° par Gatine, d'après H. Vernet. Belles épreuves coloriées, marges.

47 — Costumes du Sacre de Louis XVI, 4 pl. — Louis XVI en costume de Sacre. — Costume de cérémonie des députés aux Etats-Généraux, — Costumes pour le Sacre de Napoléon, 3 pl., avant la lettre. — Costume Parisien (pl. 1082, 1139, 1213, 1301). En tout vingt pièces. Belles épreuves, la plupart coloriées.

48 — *Costume Parisien* (recueil Lamesangère). (Pl., 194, 359, 1177, 1205, 1255, 1257, 1961, 2014, 2021, 2072, 2174, 2214, 2267, 2533, 2536, 2541, 2549, 2653). — Costumes de Femmes anglaises, par W. Hopwood, 1818-1825. — *La Mode.* En tout trente et une pièces. Très belles épreuves coloriées.

Crepy (A Paris chez)

49 — *La Récréation françoise ou nouveau jeu historique des Rois de France* (avec le portrait de Louis XVI). — Règle du Jeu de la Mappemonde. Deux pièces in-fol. Très belles épreuves, coloriées. Rares.

Darcis (L.)

50 — *Reconnaissance des Français à J.-J. Rousseau, l'an premier de la Liberté.* In-fol. Belle épreuve. Rare.

Debucourt (P.-L.)

51 — La Phrase changée. (Pl. 14 des *Modes et manières du jour*). In-8. Belle épreuve coloriée (a été piquée pour être calquée).

52 — Illumination de la Grande Cascade de St-Cloud, le 1er avril 1810, jour du Mariage de Napoléon Ier avec Marie-Louise. In-fol. Très belle épreuve avec marges. Très rare.

53 — La Croix d'honneur. In-fol. Très belle épreuve, avec marges.

Descourtis (C.-M.)

54 — Histoire de *Paul et Virginie*. Suite de six pièces in-fol., d'après Schall. Très belles épreuves impr. en couleurs, avec marges.

Ecole Anglaise

55 — Owenson (Miss), par J. Godby. — Spence (Miss). — Wybrow (M^rs^). par R. Cooper, d'après Hayter. — Buste de Fillette tenant des fleurs (*I. Brydon excudit* 1789). Quatre pièces in-8. Belles épreuves, une impr. en couleurs.

56 — Causerie dans un Parc. In-4. Belle épreuve.

Ecole Française

57 — Vue de la Place Louis le Grand avec la représentation de la marche des Chars le 13 fév. 1747, jour du Mariage du Dauphin avec Marie-Josephe de Saxe, par A. Benoist. — Revue de la Maison du Roi, au trou d'Enfer, par J. P. Le Bas, d'après Le Paon. Deux pièces gr. in-fol. Très belles épreuves, marges.

58 — *The joyous moment* (à Londres chez R. Sayer). — La Récréation du soir. — Le Maître de Musique. — Le Vieillard entreprenant. Quatre pièces in-8 et in-4., par Dambrun, Coqueret et anonymes. Très belles épreuves, la dernière avant toutes lettres, impr. en ton verdâtre.

59 — L'Amour désarmé. — Pierrot et sa progéniture. — La Coquette. — La Solitude agréable. — Lot et ses Filles, etc. Neuf pièces in-8 et in-4., par M. Aubert, Le Bas, Dugast, Deny et autres d'après Moreau le jeune, Queverdo, Binet, Jeaurat, etc. Belles épreuves.

60 — Louis XVI. — Charles-Philippe de France. — D'Alembert. — Diderot. — Poullain de St-Foix. — J.-A. de Thou. Sept pièces par Mlle Savart, Le Beau, F. W. Bollinger, Le Mire et Coulet. Très belles épreuves à toutes marges.

61 — Sous ce n°, il sera vendu par lots environ cent cinquante pièces de l'Ecole Française.

Eginton (J.)

62 — *Susanne dans le Bain surprise par les Deux Vieillards*, d'après le Dominiquin. Grand in-fol. Belle épreuve impr. en couleurs, petites marges.

Eisen (d'après Ch.)

63 — La Vertu sous la garde de la Fidélité, par Le Beau, 1772. Belle épreuve, marges.

64 — L'Amour Européen. — L'Amour Asiatique. Deux pièces in fol., par Ravenel, se faisant pendants. Très belles épreuves, avec le nom de *F. Basan, exc.* remplaçant celui de Ravenel.

Ex-Libris.

65 — Devilliers-Lelaberge, 1766, signé : *Poletnich fecit.* — M^de du Bu de Longchamp. — Chanorier, signé : *De La Laune Del et sc.* — C. R. Lelong. — De Montigny, signé : *Gravé par Mde — Le D.* (Le Doulceur). — P. P. Artaud, signé : *F. D.* — J.-L. Robillard *(Delinea et Sculpsit par C.-G. Geissler* à Genève). — Polverel *(Pallière F.)* — P.-C. Perrot. — Cte de Saluces. — L. Vacher, 1768. *(Monier sculp.)* — B. Marsollier. — P.-A. Convers (*L. Monnier fecit Divione 1762*). — Charreton. — F. Perrault, 1764 (*le Tillier inv.*), — D. M. Varlet. — J.-G. Gaymonneau. Vingt pièces. Très belles épreuves.

66 — J.-C. Seyringer, 1692. — I. Barnkopf. — Ch^r de Fleurieu. D. Delafaye. — C. Dashwood. — Delfino. — De Lamothe, de Bordeaux. — F. Routy. — J. G. von Homstedt. — A.-L. Le Couteulx. — de Beauvais Raseau. — De Labastie. — — J.-M.-A. Correard. — J.-B. Wenzl. — Oberhueber. — J.-G.-C. Franck. — Lefebvre du Grosrier. — Vingt-deux pièces. Très belles épreuves.

67 — J.-M. — S. Hoegger. — J.-J. Waser. — Le Bourg. — P. L. de Carbon (*L. f. Baour fecit*). — A. Gruberi. — Cte d'Ossun. — L. C. D. (*F. Pilsen St.*). — Hurson. — Nicolay. — C. E. de Bona. — J. Kopacsy. — Anonyme (*Coutellier sculp.*). — G. de Croissy. Vingt-trois pièces. Très belles épreuves.

68 — Comte de Serans. — N. J. Baudelot (*Corlet fecit*). — Thiry (*Lambert sculpt.*). A. Antonelli (*F. Mazzoni sculp.*). — De Champflour. — Rousseau, — Delaunois. — F. Durand. — Claenewerk de Crayencour (*Helman 1768*). — J. L. A. Ritter. — Anonymes. Vingt-cinq Pièces. Très belles épreuves.

Fragonard (Honoré.)

69 — Bacchanales (n°s 2 et 4 de la suite). Belles épreuves à grandes marges.

Fragonard (d'après H.)

70 — La Culbute, par P. F. Charpentier. In-fol. Très belle épreuve tirée en bistre, grandes marges.

71 — Le Sacrifice de la Rose. par N. F. Regnault. In-fol. Bonne épreuve avant la lettre, marges.

72 — Le Verrou. — Le Contrat. Deux pièces in-fol., par M. Blot, se faisant pendants. Belles épreuves, marges.

Fragonard, Moreau le Jeune, Eisen, Gravelot.

73 — Vignettes pour les *Contes* de La Fontaine, par H. Fragonard. — Vignettes pour les Œuvres de J.-J. Rousseau, Voltaire, etc. — Vingt pièces in-8 et in-4°. Belles épreuves, trois avant la lettre.

Freudeberg (d'après S.)

74 — Les Confidences, manière-noire in-fol. Belle épreuve.

Gavarni.

75 — Chandellier (Ch.), lithographe (M. et E. B. 16 RRR. — S. M. la Reine Victoria (69 RR). — Un Fumeur (2090 RRR). Trois pièces. Belles épreuves, deux sur chine.

Gillray (J.)

76 — *Promis'd Horrors of the French Invasion*..... 1796. In-fol. Très belle épreuve impr. en bistre, coloriée. Rare.

Godefroy (Adrien.)

77 — Madame Royale, Duchesse d'Angoulême, d'après A. Garnerey. Très belle épreuve impr. en couleurs, à toutes marges.

Godefroy (Jean.)

78 — Marie-Louise, représentée en pied, 1810. Grand in-fol. Superbe et rare épreuve avant la lettre, à toutes marges.

Guyot (L.)

79 — *Action courageuse qui a mérité le prix à l'Académie d'Amiens, en 1786*, d'après G. Texier. In-fol. Très belle épreuve, impr. en couleurs, marges.

Haïd (J.-J.)

80 — Le Matin. — Le Midi. — L'Après-midi. — Le Soir. Suite de quatre pièces in-fol. Superbes épreuves à toutes marges.

Harpignies (H.) et Saint-Etienne (F.)

81 — Paysages. Trois eaux-fortes in-4°. Très belles épreuves, la première sur chine, extraite de la *Revue de Belgique*, rare.

Helleu.

82 — Jeune Femme jouant avec son enfant, autour d'une table. In-fol. — Très belle épreuve, signée.

Huet (d'après J.-B.)

83 — Les Laveuses. — Vue d'une Fontaine antique. Deux pièces in-fol., par Jubier, se faisant pendants. Très belles épreuves, impr. en couleurs, marges.

Isabey (d'après J.-B.)

84 — Arrivée de Napoléon Ier et de l'impératrice Joséphine, à Notre-Dame pour le Sacre. — Cérémonie du Sacre. Deux pièces in-fol., par Dupréel et Delvaux. Très belles épreuves avant la lettre, la première impr. en bistre.

Jacobé (J.)

85 — L'Académie de Peinture de Vienne, d'après Quadal. Grand in-fol. 1790. Très belle épreuve avant la lettre (quelques cassures).

Janinet (F.)

86 — Restes du Palais du Pape Jules II, d'après H. Robert. In-fol. Très belle épreuve impr. en couleurs, à grandes marges.

87 — Vues de Paris : Palais de Justice, Château et Jardin des Tuileries, le Louvre, les Invalides, Hôtel de Ville, Collège Mazarin, Fontaine des Innocents. Treize pièces in-4° de forme ovale, d'après Durand. Très belles épreuves à toutes marges.

Jeaurat (d'après E.)

88 — Les Citrons de Javotte, par J.-C. Levasseur. Belle épreuve.

Kauffmann (d'après Angelica)

89 — La Peinture (portrait d'Angélica Kauffmann?). Pièce de forme ovale, par H. Sintzenich, 1783. Très belle épreuve impr. en couleurs.

90 — L'Amour enchaîne l'Innocence, par R. S. Marcuard. In-fol., de forme ronde. Très belle épreuve avant la lettre, impr. en bistre, marges.

Lawreince (d'après N.)

91 — Le Mercure de France, par Guttenberg le jeune. (E. B. 38). Très belle épreuve avec l'adresse de Depeuille, marges.

Le Carpentier (C.)

92 — Fragonard (Honoré), 1808. In-8. Très belle épreuve. Rare.

Legrand (Augustin.)

93 — Changement de Lait Paul et Virginie. — Paul et Virginie dans la forêt. Deux pièces in-fol., d'après Lambert. Superbes épreuves impr. en couleurs, à grandes marges.

Levachez.

94 — Vue de l'Intérieur du Nouveau Cirque du Palais-Royal et des Ambassadeurs du Nabab-Tipou. In-fol. Belle épreuve impr. en bistre. Très rare.

Martinet (F.-N.)

95 — Bal du May donné à Versailles pendant le Carnaval de 1763, d'après M. A. Slodtz. In-fol. Très belle épreuve à toutes marges.

Méryon (Charles)

96 — La Tour de l'Horloge, au Palais de Justice (H. B. 42). Belle épreuve du 4e état.

97 — Tourelle de la rue de l'Ecole de Médecine (55). Très belle épreuve sur chine, à toutes marges.

Moreau le Jeune (d'après J.-M.)

98 — Exemple d'Humanité donné par Madame la Dauphine (Marie-Antoinette) le 16 octobre 1773, par F. Godefroy (E. B. 244). Superbe et très rare épreuve avant la lettre, avec marges.

99. — La même estampe. Superbe épreuve à toutes marges.

100 — Arrivée de J.-J. Rousseau aux Champs-Elisées, par C.-F. Macret, 1782 (256). In-fol. Très belle épreuve.

101 — Frontispice avec le Buste de J.-J. Rousseau pour ses œuvres (1774-1783), par A.-J. Duclos. Très belle et rare épreuve du 1er état, à l'eau-forte, sans aucune lettre, à grandes marges.

102 — Médaillon de Henri IV, dans un entourage d'ornements, 1767. In-8. Très belle épreuve tirée hors texte.

Norblin (P.)

103 — Son propre Portrait, Sujets religieux et de Fantaisie. Paysages. Soixante-dix pièces. Très belles épreuves sur chine volant.

Ornements

104 — Garde d'épée et pièces de bijouterie. Quatre pièces par A. Jacquart, Mignot, Hurtu. Belles épreuves, rares.

105 — Secrétaires, Toilettes, Lits, Fauteuils et divers pièces d'ameublement de l'époque du 1er Empire. Trente pièces par Lohse et N. Delbrück. Très belles épreuves, coloriées.

106 — Décorations d'intérieurs. — Plafonds. — Vases. — Trophées. — Cheminées, etc. Quarante-cinq pièces d'après De La Fosse, Watteau, Decker, Fragonard et autres. Belles épreuves.

Parelle (d'après M.-A.)

107 — La Belle jambe. — A quelque chose malheur est bon. Deux pièce in-fol., par J. Gilbert et Fse Basset. Très belles épreuves impr. en sanguine, marges.

Pariset

108 — Vénus et l'Amour. — Jupiter et Léda. — Deux pièces ovales d'après Barbier, se faisant pendants. Bonnes épreuves impr. en bistre (coupées à l'ovale).

Portraits

109 — Henri IV. — Jeanne d'Albret. — Charles de Lorraine. — Et. Pasquier. — Henri de Montmorency. — François II. — Jacques 1er, roi d'Angleterre. — St-Augustin. Quinze pièces par Th. de Leu. L, Gaultier, C. de Passe, Sichem, Wierix, etc. Belles épreuves.

Prud'hon (d'après P.-P.)

110 — La Vertu aux prises avec le Vice. — L'Amour réduit à la Raison. — La Vengeance de Cérès. Trois pièces in-fol., par Copia et Roger. Belles épreuves.

Queverdo (d'après F.-M.)

111 — Les Aveux sincères ou les Accords de mariage. — La Toilette de la Mariée ou le Jour désiré. — Le Couché de la Mariée. — Le Levé de la Mariée. Suite de quatre pièces in-fol., par Dambrun, Martini et Patas. Très belles épreuves, marges.

Ramberg (d'après J.-H.)

112 — *The Sailors Farewell*, par H. Hudson, 1785. — *The Soldiers Return*, par W. Pether. — Deux pièces in-fol., se faisant pendants. — Très belles épreuves, avec la lettre grise, marges.

Révolution et au 1er Empire

(Estampes relatives à la)

113 — *La Journée à jamais mémorable aux François ou Louis XVI, restaurateur de la liberté..... se rendit à l'Hôtel de Ville... 1790* (A Paris, chez Crépy). In-fol. Très belle épreuve, impr. en bistre.

114 — *L'héroïne du jardin Egalité*, pièce satyrique sur Théroigne de Mirecourt, publ. par Depeuille. — In-4°. — Très belle épreuve impr., en bistre, marges.

115 — L'Union Républicaine, curieuse petite pièce de forme ronde. — Très belle épreuve impr. en couleurs, marges. Rare.

116 — Louis XVI, Marie-Antoinette, Mme Royale et le duc d'Orléans représentés sous la forme d'animaux. Quatre petites pièces rondes fort rares. Très belles épreuves.

117 — *L'Heureuse Réunion* (Louis XVII réuni à ses parents), par L. Schiavonetti. Grand in-fol. Belle épreuve.

118 — *Unité et indivisibilité de la République*. — Touchez là Mr l'Curé... — *Il voudrait abattre ce qui les soutient... — Quand viendra t'il?* Quatre pièces. Tres belles épreuves, une impr. en couleurs et deux en bistre. Rares.

119 — Banquet Civique des Gardes Nationales, à Lille, 1790. Fédération des Départements du Nord..... 1790. — Pompe funèbre en l'honneur des Martyrs du 10 aout. — Le IX Thermidor an II. Quatre pièces in-fol., par Albane et Helman. Belles épreuves, deux en tirage postérieur.

120 — L. P. J. duc d'Orléans, par Vérité. — *Philippe Pique*. Andreossy, par Cardon. — Farère, Barnave, Jessé, Malouet, par Fiesinger. Sept pièces. Très belles épreuves, la première impr. en couleurs.

121 — Prise de la Bastille. — Scène dans l'intérieur de la Bastille, par Hardener. — La Révolution Française, par A. Duplessis. — *Journée du 13 Avril, l'Abbé M.* (Maury)... *sortant du nº 21 rue Ste Anne.. — Convoi de très haut et très puissant* Seigneur des Abus (chez Sergent). — Caricatures contre Dumouriez. Huit pièces. Bonnes épreuves.

122 — Séparation de Marie-Antoinette d'avec sa Famille. — *Exécution de Louis Capet, XVIme du nom*.... (A Paris chez Basset). — Le jeune Désilles, à l'affaire de Nancy. — Adieux de Louis XVI à sa Famille. — Allégories en l'honneur de Marie-Antoinette, Louis XVI et La Fayette. — Carte de la France, 1790. Huit pièces in-4º et in-folio, par Vérité, Duplessis-Bertaux, P. Laurent, etc. — Belles épreuves.

123 — Le Vrai Patriote Chabot. — L'Ecclésiastique Réfractaire. — *Ah! il est temps que chaqu'un fasse son métier... — In intellectu nihil... — Un Sans-Culotte, Instrument de Crimes.... — Le Père nicieux Jacobin... — de Tiers-Etat soutient* seul..., etc. Quatorze pièces in-8º et in-4º. Belles épreuves, la plupart coloriées, une par Emira Sergent-Marceau, imp.. en couleurs.

124 — *Death and Bonaparte*, par T. Rowlandson. In-4º. Très belle épreuve coloriée. Très rare.

125 — Grande cérémonie du Mariage de leurs Majestés Napoléon Ier... avec Marie-Louise, par Le Beau. In-fol. Belle épreuve, doublée. Rare.

126 — *John Bull making observations on the Comet*, 1809. — *The Progress of the Emperor Napoléon. — The Progress of the Empress Josephine. — The Corsican Munchausen...* 1813. — *Eexecution of two calebrated ennemies of old England*, 1813. — *Astre brillant immense...* Six pièces in-fol., par Rowlandson, Woodward, Dubos et anonymes. Très belles épreuves, coloriées.

127 — Passage du Pont d'Arcole. — Prise de la Ville de Venise. — Entrée des Français dans Rome. — Passage du Pô devant Plaisance. — Prise de Saragosse. Six pièces in-fol., par Le Beau et Bovinet. Belles épreuves.

128 — *Je jure que ça sont la violette. — La lumière du XVIIIe siècle.... — Du Haut en Bas... ou les Causes et les Effets. — Buonapart leaving Egypt. — Diesen Bock habe Ich geschossen! — Ach, Papa, welche schone... — Es war einst ein gewaltger Held.....* Sept pièces in-4º. Très belles épreuves, trois coloriées.

129 — Défense de la Barrière de Clichy, par Bovinet, d'après H. Vernet. — Combat de Sédiman, par S.-W. Reynolds, d'après Géricault. — Entrevue sur le Niemen. — Galerie Militaire. Dix pièces in-fol. Belles épreuves, deux avant la lettre.

130 — La Bataille d'Eylau, par Vallot, d'après le baron Gros. Grand in-fol. Superbe épreuve avant la lettre sur chine, à toutes marges.

131 — Napoléon visitant le champ de bataille d'Eylau, par par Lameau et Misbach, d'après Le Jeune. In-fol. Quatorze très belles épreuves à toutes marges.

132 — Evènements historiques. — Batailles. Cent soixante pièces relatives à la Révolution et au 1er Empire, la plupart du temps. Belles épreuves.

Reynolds (d'après sir Joshua)

133 — Kemble (Miss), par S. W. Reynolds. — Vénus, par Abr. Raimbach. Deux pièces. Très belles épreuves à grandes marges.

Rugendas (J.-L.)

134 — Victoire des Grecs sur les Turcs à Missalonghi. In-fol. Très belle épreuve en couleurs. Rare.

Saint-Aubin et Wille (d'après)

135 — La Comparaison du Bouton de rose. — La Vertu irrésolue. Deux pièces faisant pendants, par Dennel. Belles épreuves sans marges.

Saint-Non (abbé de)

136 — Le Parc. — Pan et Syrinx. — Les Enfants dans la Ferme. — Paysages. — Neuf pièces d'après Boucher, Fragonard et H. Robert. Belles épreuves.

Sergent (A.-F.)

137 — Portrait en pied du général Marceau, 1798. In-fol. Très belle épreuve impr. en couleurs, avec marges (une déchirure).

138 — Emira Marceau Sergent, sœur du général Marceau et femme du graveur, dessinée et gravée à Venise. In-4. Superbe épreuve impr. en couleurs, à grandes marges. De toute rareté.

139 — Marie-Thérèse-Charlotte, fille de Louis XVI, portrait publié par Chr. de Mechel, 1795. Superbe épreuve impr. en couleurs.

140 — Charles-Louis, archiduc d'Autriche, portrait publié par Chr. de Mechel, 1797. Très belle épreuve impr. en couleurs.

Shervin (J.-K.)

141 — *The Deserted Village*, 1787. In-fol. Très belle épreuve avec la lettre grise encadrée.

Sintzenich (H.)

142 — Esther Charlotte Brandes, dans le rôle d'*Ariadne à Naxos*, d'apr. Graf. In-fol., 1781. Très belle épreuve, marges.

Teleorama

143 — Les Monuments de Paris (vers 1835). — Notre-Dame. Deux teleorama dans leur encartage, très bien conservés.

Tiépolo (J.-B. et D.)

144 — Fuites en Egypte. — Scènes diverses. Sept pièces in-4°. Très belles épreuves.

Troost (d'après C.)

145 — L'Amant peintre. — La Fille rusée. — L'Amant déguisé. Trois pièces in-fol., par Tanjé et Radigues, la première en très belle épreuve.

Vernet (d'après Horace)

146 — Histoire de Louis XIV et de Mlle de La Vallière, par Le Vachez, Ruotte et autres. Quatre pièces d'une suite de huit pl. Belles épreuves, impr. en couleurs.

Vinkeles (R.)

147 — Grand Bal donné dans la grande salle de la Bourse d'Amsterdam, le 2 juin 1768. Superbe et rare épreuve avant la lettre, marges.

Visscher (Jean)

148 — Prestation de Serment de la ville d'Orange (Vaucluse) à Guillaume Henri de Nassau, 1665. In-fol. Très belle épreuve. Rare.

Watteau (Antoine)

149 — Recrue allant joindre le Régiment (E. de G. 2). Superbe épreuve de la planche terminée par Thomassin, marges.

Watteau (d'après Ant.)

150 — Laroque (Antoine de), par Lépicié (E. de G. 17). In-fol. Très belle épreuve.

151 — L'Amante inquiète (81). — La Rêveuse (88). Deux pièces par P. Aveline. Très belles épreuves.

152 — La Contredanse, par Brion (122). In-fol. Superbe épreuve à grandes marges.

153 — *Du bel Age ou les Jeux remplissent vos Desirs.....* par J. Moyreau. Superbe épreuve à grandes marges. Rare.

155 — L'Eté, par J. Moyreau. In-fol. Belle épreuve, marges.

155 — Le Rendez-vous (162). — Le Teste-à-teste (158). Deux jolis pièces par B. Audran, se faisant pendants. Très belles épreuves, marges.

156 — Camp volant. — Retour de Campagne. Deux pièces in-fol, par N. Cochin, se faisant pendants. Très belles épreuves, marges.

157 — Retour de Campagne, par N. Cochin. In-fol. Très belle épreuve.

Wiérix (Jérôme)

158 — Henri IV, roi de France. In-18. Très belle épreuve.

Wiérix et C. de Passe

159 — Sujets religieux. — Les Vertus. Onze pièces. Très belles épreuves. On y a joint Jésus aux Oliviers, d'apr. M. Schoen. En tout douze pièces.

Zorn (A.)

160 — Mme Sn*** (H. B. 24). Très belle épreuve, signée. Rare

DESSINS

Andrieux (A.)

161 — Lancier. — Au Théâtre. — Homme en costume de reître. — Figures diverses. Six dessins au crayon noir et à la mine de plomb, trois, signés.

Anonyme (XVIe siècle)

162 — Le Christ prêchant ou le Denier de César. Beau et important dessin relevé de gouache.

Augustin (attribué à)

163 — Portrait d'homme, de grandeur nature, de face, regardant à gauche. Au crayon noir sur papier gris, avec rehauts de craie. Encadré.

Boucher (attribué à F.)

164 — Etude d'enfant nu. Petit in-fol. Au crayon noir rehaussé de craie.

Clodion

165 — Tête de Faune, de profil à droite. Etude à l'huile, encadrée. Sous verre.

Cochin fils (C.-N.)

166 — La Sainte Trinité. Beau dessin à la sanguine en largeur.

Coypel (Antoine)

167 — Etude de satyre et croquis de main. A la mine de plomb.

Delacroix (Eugène)

168 — Croquis de mousquetaire. In-4°. A la mine de plomb avec rehauts d'aquarelle. Cachet de vente de l'atelier du maître.

De la Rue

169 — Sacrifice à Cérès. — Sacrifice à Apis. — Satyres et Bacchantes. Quatre dessins à la plume, relevés de bistre et d'encre de chine, deux, signés.

Devosge (François)

170 — Ecole de dessin de Dijon. Projets de frontispice et médaille· Trois dessins. A la mine de plomb et à la plume, avec avis d'encre de chine, deux signés.

Drolling

171 — Etude de jeune garçon nu. A la mine de plomb.

Drost (attribué à)

172 — Le Porte-Drapeau. A la mine de plomb avec lavis d'encre de chine.

Ecole Ancienne

173 — St-Jean. — Sujet religieux. — Tête de vieillard. — Paysages. Cinq dessins, deux à la sanguine.

Ecole Française (XVIIe Siècle)

174 — La Vierge et l'Enfant-Jésus. Petit médaillon dans un cadre orné de motifs d'architecture renfermant plusieurs sujets de la Bible. Beau projet de frontispice à la plume, lavé d'encre de-chine.

Ecole Française (XVIIIe Siècle)

175 — Jeune Fille, vue à mi-corps, tenant un chien dans ses bras. Crayon noir et sanguine.

176 — Portrait d'homme vu de face et tourné vers la gauche. Au lavis d'encre de chine. Encadré, cadre ovale.

177 — Une Famille d'affamés. — Villa italienne. Deux dessins attribués à Greuze et à Hubert Robert. A la plume et à l'encre de chine, avec rehauts d'aquarelle. Encadrés.

178 — Motifs sur la Chasse, quinze toutes petites compositions rondes pour *boutons*. A la plume, avec lavis d'encre de chine.

Ecole Italienne (XVIIIe Siècle)

179 — Sujets religieux. — Allégories. — Motifs de plafonds. — Paysages. Cent dessins, page d'album, exécutés au recto et verso. A la mine de plomb avec rehauts de gouache, sur papier gris et bleu.

Fortin

180 — Trophés, en-têtes de page pour l'*Histoire des Princes de Condé*. Cinq beaux dessins en forme de frises. A la plume et au lavis d'encre de chine. Signés.

Fragonard (Honoré)

181 — L'Amoureux entreprenant. Dans un intérieur, un jeune homme attire vivement à lui une jeune fille assise et qui semble se défendre mollement de ses attaques. Au lavis d'encre de chine, Encadré.

Gaillard (C.-F.)

182 — Portrait d'homme en pied, assis. A la plume. Signé : *F. Gaillard 29 mars 1877.*

Gœneutte (Norbert)

183 — Portrait de Femme, vue à mi-corps, vêtue d'un manteau. — Etude de jeune Fille nue, en buste. Deux dessins in-fol., le premier signé. Encadrés.

Granet (M.)

184 — Intérieur de crypte (Cluny ?). Au crayon noir, avec rehauts de couleur.

Gros (attribué au Baron)

185 — Prise du Caire. A la plume, relevé de sépia.

Guerchin (attribué au)

186 — Mars, Vénus et l'Amour. In-fol. A la plume.

Ingres (attribué à)

187 — Etude d'Italienne. A la mine de plomb, avec la suscription : *1815 Rome.* Sous verre.

188 — L'Aurore. Femme nue vue de dos semant des fleurs. A la mine de plomb sur papier gris; on lit sur ce dessin : *à mon ami Henriquel Dupont, Ingres.*

Lelu (Pierre)

189 — *Sortie d'un Bal*, composition de six personnages. In-4°. A la plume, lavé d'encre de chine.

Marco di Sienne

190 — Etude d'homme, un genou en terre. A la sanguine.

Marilhat (Prosper)

191 — Paysage d'Orient. Au crayon noir. Signé des initiales du maître.

Meissonier (Ernest)

192 — Figure drapée. — Etudes de main et de deux têtes. Trois études pour le tableau du Dente. In-fol. Au crayon noir sur papier bleu, avec rehauts de craie. Sous verre. Timbre de la vente de l'atelier du maître.

Millet (J.-F.)

193 — Esquisse pour la *Bergerie?* Composition de trois figures. Au crayon noir avec le monogramme de la vente.

Monnier (Henry)

194 — Père faisant manger son enfant. In-8. A la plume et au lavis d'encre de chine.

Pater (J.-B.)

195 — Jeune villageoise assise donnant un fruit à un enfant. In-4°. Au trois crayons.

Pernet (attribué à)

196 — Site d'Italie, animé de dix figures. A la plume, rehaussé d'aquarelle; on lit à droite : *Chemin pour aller à la grotte.*

Quellinus (Erasme)

197 — L'Enfance de Bacchus, composition de vingt figures. A la plume, lavé d'encre de chine.

Raffet (A.)

198 — Lancier. — Artillerie du train. — Mameluck. Trois croquis.

Rembrandt van Ryn

199 — Jésus au milieu des Apôtres. Petit in-fol. A la plume, lavé d'encre de chine. N. B. Cet important dessin a été exposé à l'Ecole des Beaux-Arts (mai-juin 1879).

200 — Femme vue de dos, accoudée à une fenêtre. In-4. A la plume, lavé d'encre de chine. N. B. On y a joint la gravure de Ploos van Amstel du même sujet.

Restout (J.-B.)

201 — Le Serpent d'airain. A la plume, lavé de bistre.

Saint-Aubin (Aug. de)

202 — Portrait de Femme tournée de profil à gauche. A la mine de plomb.

203 — Homme et Femmes assis. — Etudes de Femmes assises. Quatre croquis à la mine de plomb.

Somm (Henry)

204 — Croquis de Femmes et croquis divers. Deux aquarelles et dix dessins à la plume, la plupart signés.

Troy (F. de)

205 — Femme habillée à l'orientale, assise, dans l'attitude de la douleur. A la sanguine. Encadré.

Vincent (P.-A.)

206 — Charges et caricatures humoristiques. Trente-six dessins et contre épreuves de dessins de divers formats, plusieurs signés et datés 1773 et 1774.

Wattier (Emile)

207 — Conversation galante In-8. A la mine de plomb, avec rehauts de sanguine. Signé.

208 Sous ce nº il sera vendu plusieurs lots d'estampes et de dessins anciens et modernes.

Paris. — Imp. A. Charles, 26, Rue Rambuteau.

RED. :

20

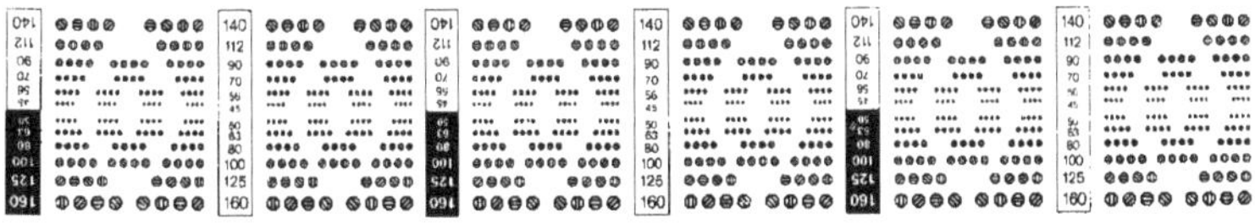

MIRE ISO N° 1
NF Z 43-007
AFNOR
Cedex 7 - 92080 PARIS-LA-DEFENSE

379.89.70
graphicom

0 1 2 3 4 5 6 7 8 9 10

www.ingramcontent.com/pod-product-compliance
Ingram Content Group UK Ltd.
Pitfield, Milton Keynes, MK11 3LW, UK
UKHW032025260826
14628UKWH00006B/2725

9 782329 347660